EL CAPITÁN CALZONCILLOS

Y LA SENSACIONAL SAGA DEL SEÑOR SOHEDIONDO

La Decimosegunda Novela Épica de

DAV PILKEY

SCHOLASTIC INC.

*Un agradecimiento muy especial a las siguientes personas,
que inspiraron personajes en este libro: Billy DiMichele,
Meena y Nikhil Willette y la familia Bhatnagar/Willette,
Owen y Kei Bernstein y la familia Geist*

Originally published in English as
Captain Underpants and the Sensational Saga of Sir Stinks-A-Lot

Translated by Nuria Molinero

Copyright © 2015 by Dav Pilkey
www.pilkey.com
Translation copyright © 2016 by Scholastic Inc.

ISBN 978-0-545-90354-7

10 9 8 7 6 5 4 3 2 1   16 17 18 19 20

Printed in the United States of America   40
First Spanish printing, July 2016

Designed by Dav Pilkey and Kathleen Westray

A ELLIE BERGER

CAPÍTULOS

El Capitán Calzoncillos:
¡¡¡El 100% de la verdad verdadera!!!

Había una vez dos chicos geniales llamados Jorge y Berto.

Eran muy ~~xxxx~~ listos y lindos y todo eso.

Gracias, sí, lo sabemos.

¡Yo también!

Pero tenían el director de escuela más cascarrabias del mundo, el señor Carrasquilla.

¡BLa bLa bLa!

Una vez, el señor Carrasquilla estaba siendo cascarrabias.

¡Ustedes serán mis esclavos y todo eso!

Así que lo hinoptizaron.

¡¡¡De eso nada!!!

El señor Carrasquilla estaba bajo el encantamiento de Jorge y Berto.

Ahora eres el capitán Calzoncillos.

Sí

AL principio fue divertido...

JA JA JA JA JA JA JA JA

¡Mírenme!

¡Pero enseguida se volvió peligroso!

¡Tata-cháááán!

Entonces, un día el señor Carrasquilla bebió un jugo extraterrestre superpoderoso.

Jugo extraterrestre superpoderoso

¡Y empezó a tener superpoderes de verdad!

Ahora, cuando el señor Carrasquilla escucha chascar los dedos...

CHASC

se convierte en el Capitán Calzoncillos.

¡Tata—cháááán!

Cada vez que al Capitán Calzoncillos le cae agua en la cabeza...

se convierte de nuevo en el señor Carrasquilla.

¡Bla bla bla!

Así que tenemos que lidiar con ESO.

¡¡¡Pero la cosa se puso peor!!!

Un día, Jorge y Berto tenían un problema TREMENDO.

¡¡¡Por fin los ATRAPÉ!!!

Así que ~~pobreciros~~ tomaron prestada una máquina del tiempo...

y viajaron al pasado para solucionar el problema.

¡Hurra!

¡Somos listos!

¡Pero crearon un nuevo problema!

¡¡¡Ay, no!!!

¡Hemos ~~~~ creado **DOBLES** de nosotros mismos!

Cuando los maestros de la escuela vieron **DOS** Jorges y **DOS** Bertos, ¡¡¡se volvieron **TURULATOS**!!!

¡¡¡Esto debe de ser un sueño!!!

¡¡¡Vamos a desnudarnos!!!

Así que todos acabaron en el manicomio.

Lo único **BUENO** es que tenemos tres nuevas mascotas...

Son mitad hámster biónicos, mitad pterodáctilos.

Orlando

Tony

Dawn

Han pasado varias semanas desde nuestra última aventura...

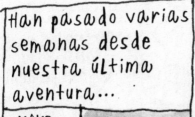

MAYO

La ciudad fue reconstruida...

y todo está volviendo a la normalidad.

¡Pero aún quedan muchos cabos sueltos en nuestra historia!

Eso solo puede significar una cosa:

¡La historia continúa!

¡Ay, no!

¡Aquí vamos otra vez!

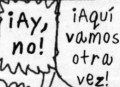

CAPÍTULO 1

JORGE Y JORGE
Y BERTO Y BERTO

Estos son Jorge Betanzos y Jorge Betanzos,
y Berto Henares y Berto Henares. Jorge y Jorge
son los chicos de la izquierda con corbata
y el cabello muy corto. Berto y Berto son los
de la derecha con camiseta y un corte de pelo
espantoso. Recuérdenlos bien.

CAPÍTULO 2
LA GARANTÍA VG*

Si leyeron nuestra última aventura, sabrán perfectamente que Jorge y Berto crearon sus dobles por accidente. Sabrán todos los porqués, los cuándos y los por lo tanto. Así que ya lo saben todo y pueden seguir leyendo. ¡Enhorabuena! ¡Bien hecho! Leer da poder, ¿no?

Pero si *no* leyeron nuestra última aventura, se estarán rascando la cabeza y preguntándose "Oye, yo mismo, ¿qué diablos pasa aquí?".

*Garantía limitada. No válida donde la ley no lo permita.

Antes de continuar, tengo que señalar que decir *qué diablos* es muy grosero. Hay quien ha criticado estos libros por su lenguaje soez y eso se va a terminar de una vez por todas. De ahora en adelante** ya no leerán más expresiones como *qué diablos* ni palabras como *orina*, *pedo* o *pis*. ¡No, señor! Esas palabras resultan muy ofensivas para los viejos gruñones que tienen demasiado tiempo libre.

**Excepto en las páginas 44 y 48.

Con el objetivo de complacer a todos los
viejos gruñones (VG), también he incluido
temas que les interesan especialmente a ellos.
Así que esta aventura incluirá referencias al
cuidado de la salud, la jardinería, la cadena de
restaurantes Bob Evans, los caramelos duros,
el canal de noticias FOX y laxantes que sean
suaves pero eficaces.

Así que siéntense (en sus almohadones para
las hemorroides), suban la música (de Lucho
Gatica) y tomen un aperitivo (gominolas).
¡Es hora de disfrutar las nuevas, INOfensivas,
absolutamente irreprochables y pulcras
aventuras del Capitán Calzoncillos!

CAPÍTULO 3
LA ESPECIE QUE SABÍA DEMASIADO

Todos sabemos que ser inteligente es bueno. Y que ser *muy* inteligente es mejor. Pero ser DEMASIADO inteligente es buscarse problemas. Consideremos por ejemplo el ser humano. Fuimos inteligentes para inventar la jardinería y el cuidado de la salud, crear la cadena de restaurantes Bob Evans y el canal de noticias FOX, y hemos llevado los caramelos duros y los laxantes a una nueva dimensión. Pero en algún momento nos volvimos DEMASIADO inteligentes y empezamos a fabricar cosas estúpidas como alarmas para auto, sopladoras de hojas y aerosoles de cabello artificial.

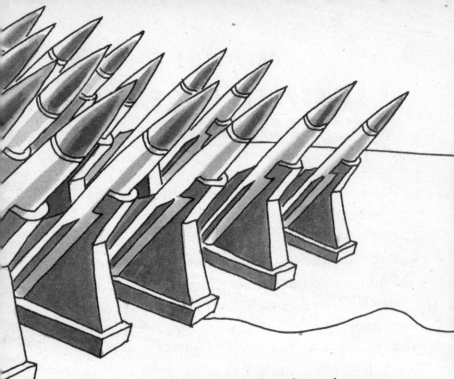

Uno podría pensar que habría bastado con hacer cosas *estúpidas*. Pues no. Nuestros enormes y ridículos cerebros no estaban satisfechos. Teníamos que dar un paso más. Así que empezamos a crear cosas increíblemente *peligrosas*, como bombas atómicas y ojivas nucleares, y construimos suficientes para eliminar a todas las personas del planeta. Después, fuimos tan inteligentes que les dimos los códigos de lanzamiento a los políticos.

¡Solo los seres humanos somos tan inteligentes para hacer algo tan estúpido!

Resulta que el cerebro se parece mucho
a los frijoles: los dos son buenos, pero no se
debe abusar de ninguno. Verán, abusar de algo
bueno siempre acaba siendo *MUY MALO*. Tarde
o temprano se produce una enorme catástrofe
maloliente.

El cuento que van a leer es el relato
desafortunado de cómo el cerebro más
inteligente del planeta creó la catástrofe más
grande y apestosa que el mundo haya visto
jamás. Pero, antes de contarles esa historia, les
tengo que contar *esta* otra...

CAPÍTULO 4

TIERRA INTELIGENTE

Cualquier científico les puede decir que vivimos en un multiverso en expansión que contiene un número infinito de estrellas y planetas.

Uno de esos planetas, que orbita alrededor de la estrella central en el cinturón de Orión, se llama Tierra Inteligente. Tierra Inteligente es un planeta casi idéntico a *nuestra* Tierra. La única diferencia es que todos los que viven allí son genios.

El motivo por el que todo el mundo en
Tierra Inteligente es tan inteligente es porque el
planeta está hecho de un elemento llamado Cigo-
chisporroteador 24. El Cigo-chisporroteador 24
es una sustancia ligeramente radioactiva que se
combina con la materia orgánica y se transforma
en organismos complejos que, mezclados con
mayonesa y pepinillos encurtidos, forman un
aderezo muy sabroso, así como una fuente de
energía limpia que sirve para iluminar una
ciudad entera. Uno de los efectos secundarios de
estar cerca del Cigo-chisporroteador 24 es que
las personas se vuelven mucho, *muchísimo* más
inteligentes de lo que normalmente son.

Aunque Tierra Inteligente está habitada por genios, se parece mucho a *nuestra* Tierra. Tienen McDonald's (aunque lo llaman "McDonald's Inteligente"). Tienen teléfonos inteligentes (que llaman teléfonos inteligentes inteligentes) y tienen el diario *The Huffington Post* (que se llama "The Huffington Post").

Un día, una científica inteligente de la Universidad Inteligente de Tierra Inteligente decidió hacer un experimento.

Era el experimento más inteligente y brillante jamás realizado en Tierra Inteligente. Era tan increíblemente inteligente que acabó siendo completamente estúpido.

Esa tarde, en su laboratorio, la científica más inteligente de Tierra Inteligente mezcló gaseosa inteligente con chispitas inteligentes. Después, añadió un tercer ingrediente a esta mezcla altamente volátil: mentos inteligentes.

Esto fue lo que ocurrió:

CAPÍTULO 5

ALLÁ VA EL
CIGO-CHISPORROTEADOR 24

La explosión hizo que pedazos de Cigo-
chisporroteador 24 salieran zumbando
en varias direcciones por toda la galaxia
y más allá.

Un pedazo de Cigo-chisporroteador 24 cayó en un estanque de un planeta cercano, el planeta Malchiste. El agua del estanque se convirtió en agua inteligente.

PLiS

Los peces del estanque se volvieron *tan* inteligentes que comenzaron a nadar en bancos de peces.

Otro pedazo de Cigo-chisporroteador 24 acabó aterrizando en un viñedo del planeta Pinot. El Cigo-chisporroteador 24 penetró el suelo y fue absorbido por las uvas.

Las uvas, que habían sido recolectadas casi hasta la extinción, se volvieron conscientes y muy inteligentes. Se unieron en racimos y se sublevaron para derrotar a sus opresores.

La batalla duró toda la noche, pero por desgracia terminó al día siguiente, en cuanto salió el sol. La rebelión se extinguió cuando las pobres uvas se quedaron sin jugo. Al parecer, la uva *pasa* siempre por lo mismo.

Sin embargo, la consecuencia más catastrófica de la destrucción de Tierra Inteligente fue que un trocito diminuto de Cigo-chisporroteador 24 penetró en la atmósfera de *nuestra* Tierra. Cruzó el firmamento zumbando a toda velocidad, dirigiéndose a la pequeña ciudad del Valle del Chaparral.

Finalmente, el trocito diminuto de Cigochisporroteador 24 atravesó el tejado de El Asilo para Incompatibles con la Vida Real del Valle del Chaparral y aterrizó en el pabellón de terapia de grupo, donde todos los maestros de una escuela primaria cercana habían sido trasladados recientemente.

—¿Qué es eso? —gritó el señor Carrasquilla.

—Parece un meteorito —dijo la señora Pichote.

—¡No lo toquen! —advirtió el doctor—. ¡Podría ser *la cosa*!

Todos le hicieron caso excepto el profesor de gimnasia, el señor Magrazas. Como todos saben, los profesores de gimnasia se parecen mucho a los niños pequeños. Hay que vigilarlos porque siempre están agarrando cosas del piso y metiéndoselas en la boca.

Por desgracia, eso es exactamente lo
que ocurrió ese aciago día en El Asilo para
Incompatibles con la Vida Real del Valle del
Chaparral.

—Ñam, Ñam —dijo el señor Magrazas
masticando alegremente el Cigo-chisporroteador 24
y tragando con dificultad—. ¡Sabe a pollo!

CAPÍTULO 6

EL PROBLEMA CON
LAS CHISPAS

El pequeño pedazo de Cigo-chisporroteador 24 se empezó a combinar con el fondo del estómago del señor Magrazas. Se fue apoderando de sus células a toda velocidad, extendiéndose por sus esponjosas interioridades y adueñándose de sus funciones corporales. El Cigo-chisporroteador 24 llegó al cerebro del señor Magrazas en un santiamén, recargó las neuronas y éstas iniciaron el complicado proceso de volverlo inteligente.

—¿Se encuentra bien, señor Magrazas? —preguntó el psicólogo—. Se le ve algo extraño.

—Estoy mucho mejor que *bien* —respondió el señor Magrazas—. ¡Estoy espléndidamente!

Los otros maestros lo miraron preocupados. Nunca le habían oído decir una palabra de más de tres sílabas. Generalmente, el señor Magrazas señalaba con el dedo y emitía gruñidos.

—Este… creo que será mejor que se siente —dijo el psicólogo.

—No diga necedades, buen hombre —dijo el señor Magrazas. Sus neuronas y células gliales se estaban reestructurando, creaban nuevas conexiones y, cada instante que pasaba, su cerebro era más inteligente—. Ya perdí demasiado tiempo en este tedioso sanatorio.

—Espere un momento —dijo el psicólogo—, no puede marcharse, usted es un paciente.

—Al contrario —dijo el señor Magrazas, que empezaba a hablar como si fuera un académico—. Saldré raudo por esa puerta y ni usted ni nadie podrá interceptarme.

—¡SOCORRO! ¡AYUDA! —gritó el psicólogo—. ¡Un paciente se escapa!

Otro doctor entró corriendo para ayudarlo. Los dos doctores se pararon uno al lado del otro, bloqueando la puerta.

—¡Tú no vas a ninguna parte, chico! —dijo el psicólogo.

El señor Magrazas sonrió con suficiencia y miró a los médicos con lástima. Iba a ser *demasiado fácil*.

CAPÍTULO 7

UNA PARADOJA
PARA UN PAR DE DOCTORES

El señor Magrazas se acercó a los médicos.

—Tengo un consejo para ustedes —dijo el señor Magrazas.

—¡Qué lástima, porque no pensamos seguir *ninguno* de sus consejos! —dijo el psicólogo.

—¿Ah, sí? —dijo el señor Magrazas—. ¡Pues les aconsejo que *NO* sigan mi consejo!

Los dos doctores no entendían nada.

—Bueno, *no* vamos a seguir ese consejo —dijo el psicólogo.

—Pero si *no* seguimos su consejo de *no* seguir su consejo… —intervino el otro doctor—, ¿no estamos en realidad *siguiendo* su consejo?

—Un momento —dijo el psicólogo—. ¿Y si seguimos su consejo de *NO* seguir su consejo? ¿Estamos también siguiendo su consejo?

Los dos doctores estaban tan enfrascados en su conversación profunda y paradójica que ni siquiera se dieron cuenta de que el señor Magrazas salía por la puerta.

—¡Eh, también es nuestra oportunidad de escapar! —exclamó la señora Pichote.

Los demás maestros la siguieron, pasando junto a los dos doctores, que estaban cada vez más confundidos y frustrados.

Todos los maestros y demás empleados de la Escuela Primaria Jerónimo Chumillas habían quedado libres. Siguieron al señor Magrazas hasta la cumbre de la colina y lo contemplaron con admiración mientras él oteaba el horizonte.

Cualquier otra persona en el lugar del señor Magrazas habría usado su nuevo cerebro de genio para acabar con el hambre en el mundo y traer la paz a la humanidad. Pero esto era lo último que el señor Magrazas tenía en su magnífica mente.

Verán, el señor Magrazas seguía siendo en el fondo un profesor de gimnasia. Y, como todo el mundo sabe, los profesores de gimnasia son, en esencia, malvados.

CAPÍTULO 8

¿POR QUÉ NO PODEMOS SER ENEMIGOS?

—Estoy cavilando —dijo el señor Magrazas—, y constato que todos nuestros recientes problemas han sido causados por unos niños caprichosos y desobedientes.

—¡Ya lo creo! —dijo el señor Carrasquilla.

—¡*SILENCIO, ESTÚPIDO!* —gritó el señor Magrazas—. Si pretendemos rectificar esta aberración debemos proceder con prudencia.

—No sé qué significa eso —dijo la señorita Antipárrez—, pero estoy de acuerdo al ciento treinta y nueve por ciento.

—¡Yo también! —dijeron todos los maestros al mismo tiempo.

—Entonces deben seguir todas y cada una de mis órdenes —dijo el señor Magrazas—. Vuelvan al trabajo y sigan su rutina como siempre. No hay que suscitar ninguna sospecha.

—Pe… pero también queremos ser malvados —gimió el señor Regúlez.

—Paciencia, mis queridos secuaces —dijo el señor Magrazas con una sonrisa odiosa—. ¡Tendremos tiempo de sobra en los próximos días!

CAPÍTULO 9

DELITOS Y MAGRAZAS

Unos días más tarde, la escuela funcionaba de
nuevo. Los maestros enseñaban, los estudiantes
estudiaban…

FERIA DE
ARTE PARA
ESTUDIANTES
Y MAESTROS
TODOS LOS MIÉRCOLES

y Jorge y Berto volvieron a la carga con sus travesuras.

Después de la escuela, Jorge y Berto
subieron a su casa del árbol para hacer las
tareas. Las versiones del día anterior de ellos
mismos estaban muy ocupadas jugando
videojuegos y leyendo cuentos.

—¿Qué tal les fue en la escuela? —preguntó
Jorge de Ayer.

—Bah —dijo Jorge.

—¿Aprendieron algo nuevo? —preguntó
Berto de Ayer.

—Na —dijo Berto, encogiéndose de
hombros.

Aparentemente todo había vuelto por fin a la
normalidad.

Por la noche, el señor Magrazas se afanaba en un laboratorio improvisado dentro de una vieja fábrica abandonada, cerca del lago Algo. Estaba trabajando en una poción muy poderosa para controlar la mente, una poción que convertiría al niño más travieso en un obediente conformista sin cerebro.

Usando una base de tiopentato de sodio, el señor Magrazas añadió dosis abundantes de ácido butírico, triptófano y jugo de Clamato. Después filtró la mezcla a través de un montón de medias viejas y sucias. El brebaje apestaba, ¡pero su efecto siniestro sería aún peor!

—Mi fármaco ya está listo para probarlo en seres humanos —dijo el señor Magrazas—. ¡Y sé exactamente *en quiénes* lo probaré!

CAPÍTULO 10
DÍA DEL ROCÍO

Al día siguiente, el señor Magrazas apareció en la escuela con un aspecto un poco diferente del habitual. Vestía la misma sudadera y los mismos pantalones de deporte malolientes que había llevado toda la semana —hasta ahí todo normal—, pero algo en él era diferente.

Ese día les tocaba a Jorge y a Berto de Ayer ir a la escuela y hacer las tareas, así que los chicos fueron a sus clases responsablemente e hicieron lo que debían…

NO SE PIERDAN HOY: CONFERENCIA SOBRE UNIVERSOS PARALELOS

y también alguna cosa que no debían hacer.

48

Todo parecía normal hasta que terminó la clase de gimnasia. El señor Magrazas les dijo a todos los niños que podían irse, excepto a Jorge y Berto de Ayer.

—Chicos —dijo el señor Magrazas—, ¡los quiero en mi oficina! ¡Presto!

—¿Por qué? —preguntó Jorge de Ayer—. No hicimos nada… *probablemente*.

El señor Magrazas señaló la puerta de su oficina.

—¡A MI OFICINA! ¡YA! —aulló.

SIN DOLOR
NO HAY
DIVERSIÓN

ABDR

Jorge y Berto de Ayer
entraron con desgano en la hedionda
oficina del señor Magrazas. Habían estado
antes allí y odiaban el olor. Apestaba a moho,
orines de rata y al sudor fétido de un millar
de almas atormentadas. Pero hoy, por algún
extraño motivo, olía *peor* que antes.

Jorge y Berto de Ayer se sentaron en dos
pegajosas sillas de vinilo y contuvieron la
respiración.

—Bueno, bueno, bueno —dijo el señor Magrazas mientras cerraba la puerta y se acercaba a nuestros héroes—. Al fin estamos solos.

—¿Qué pasa? —preguntó Jorge de Ayer receloso.

—Eso —dijo Berto de Ayer—. Tenemos que ir a nuestra siguiente clase.

—Bah, habrá tiempo de sobra para ir a clase, estudiar y hacer tareas —respondió el señor Magrazas—. Pero antes quiero que me ayuden con un pequeño experimento.

El señor Magrazas levantó los brazos. Debajo de sus costrosas axilas aparecieron dos aspersores metálicos.

—¡*Saluden a mis hediondas amigas!* —dijo, y mientras reía a carcajadas, los aspersores rociaron dos nubes tóxicas y asfixiantes color café.

CAPÍTULO 11

TAAS
(TRASTORNO DE ATENCIÓN ALETARGADA Y SUPERFLUA)

Probablemente hayan oído hablar del TDAH.
Es un síndrome conocido como Trastorno por
Déficit de Atención e Hiperactividad. Jorge y
Berto habían sido diagnosticados con TDAH
cuando estaban en segundo grado.

Por aquel entonces, el papá de Jorge les había
explicado que las personas con TDAH solían
ser más creativas que las demás. Eso los hizo
sentirse especiales y Jorge y Berto se tomaron su
diagnóstico con orgullo.

Pero hoy, mientras se dirigían por el pasillo a su siguiente clase, los niños se sentían diferentes. Era como si su TDAH se hubiera *invertido*. Se sentían concentrados y atentos, calmados y en orden. No sentían el impulso irrefrenable de soñar despiertos ni de portarse mal. Algo había cambiado.

—¡LLEGAN TARDE! —gritó Anita Calculadora, la maestra de matemáticas.

—Lo sentimos mucho —dijo Berto de Ayer como si fuera un robot.

—¡En castigo tendrán que hacer MÁS tareas! —replicó furiosa la señorita Calculadora.

—Muchas gracias, querida maestra —dijo Jorge de Ayer de manera entusiasta y monocorde—. Eso es maravilloso.

La señorita Calculadora contempló con
sospecha a los niños mientras se sentaban en
silencio en sus pupitres. No les quitó el ojo de
encima durante toda la clase y vio la cosa más
extraña que jamás había visto. Jorge y Berto
de Ayer estaban *sentados, quietos y realmente
atentos*. No se movían constantemente, no
se reían, no dibujaban ni hablaban ni hacían
ruidos molestos con sus axilas. ¡Se habían
convertido en *estudiantes modelo*!

—Chicos, no sé qué se traen entre manos
ustedes dos —dijo la señorita Calculadora al
final de la clase—, ¡pero ME GUSTA!

—Gracias —dijo Jorge de Ayer—. Nuestro mayor deseo es complacerla.

—Así es —dijo Berto de Ayer—. Y gracias por las tareas extra. ¡Las haremos todas!

Incluso Gustavo Lumbreras estaba impresionado.

—Estos chicos son más chéveres de lo que yo creía —dijo Gustavo.

Durante todo el día Jorge y Berto de Ayer impresionaron a todos los maestros de la Escuela Primaria Jerónimo Chumillas. Las maestras no lo podían creer cuando vieron a los dos niños pasar junto al cartel de avisos sin alterar el orden de las letras.

—Podían haberlas cambiado fácilmente para que el cartel dijera "Nuestra cafetería da asco" —dijo la señora Tolondretas—. ¡Pero no lo hicieron!

—No sé qué les pasa a esos chicos —dijo la señora Misterapias—, ¡pero ME GUSTA!

LUNES: DÍA DEL TACO EN NUESTRA CAFETERÍA

Cuando acabaron las clases, Jorge y Berto de Ayer fueron a pedirles a los maestros tareas extra para hacer esa tarde. Los maestros, gustosos, les dieron todas las que quisieron.

—No sé qué les hiciste a esos dos malcriados —dijo el señor Carrasquilla—, pero ¡ME GUSTA!

—Esto es solo el principio —rió siniestramente el señor Magrazas—. Hoy cambié a Jorge y a Berto. ¡Muy pronto cambiaré el mundo!

A diferencia de la mayoría de los megalómanos, el señor Magrazas no tenía ningún interés en conquistar el mundo. Era demasiado inteligente. Sabía que el *auténtico* poder y el dinero estaban en los productos farmacéuticos. El señor Magrazas había creado un fármaco que transformaba a los niños en esclavos atentos y obedientes. Solo necesitaba vender su invento de manera masiva y se convertiría en el ser más poderoso de la Tierra.

—Los adultos pagarán ENCANTADOS por algo así —dijo riendo y dando palmaditas en la cabeza del señor Carrasquilla con afecto—. Pero por ahora, probarlo es gratis.

CAPÍTULO 12
HOMBRES TRABAJANDO

Esa tarde, Jorge y Berto de Ayer llegaron con tanta tarea que tuvieron que hacer dos viajes para subir todo a la casa del árbol.

—¡AY, MADRE! —exclamó Jorge—. ¿Qué pasó?

—Hoy fue un día maravilloso —dijo Berto de Ayer—. ¡¡¡Los maestros son muy amables y nos dieron diecisiete libras de tareas!!!

—¿¡¡¿DIECISIETE LIBRAS DE TAREAS?!!?
—gritó Berto—. ¡ESTAMOS *ACABADOS*!

—No, no lo estamos —dijo Jorge de
Ayer—. Podemos trabajar todos juntos.
¡Será *divertido*!

Jorge y Berto se miraron horrorizados.
Nunca, ni en un millón de años, habrían usado
las palabras "trabajar" y "divertido" una detrás
de la otra. Algo andaba mal. Algo andaba muy,
muy mal.

—¿Estás pensando lo mismo que yo?
—susurró Jorge.

—La invasión de los ladrones de cuerpos
—susurró Berto.

—Eso —susurró Jorge.

Los cuatro niños se sentaron a la mesa y empezaron a hacer las tareas. Jorge y Berto de Ayer fueron pasando las páginas y los ejercicios a una velocidad vertiginosa. Jorge y Berto intentaron seguir su ritmo, pero se distraían a cada rato.

A la hora de la cena, Jorge y Berto de Ayer fueron a cenar con sus familias. Una hora más tarde, volvieron a la casa del árbol para continuar sus tareas.

—Trajimos comida para ustedes —dijo Berto de Ayer.

—Gracias —dijeron Jorge y Berto.

Todos siguieron trabajando hasta que llegó la hora de acostarse.

—Hemos completado nuestra parte lo mejor que pudimos —dijo Jorge de Ayer.

Jorge y Berto apenas habían comenzado con su parte.

—¡Tendremos que trabajar toda la noche! —gimió Berto.

—Tengo una sugerencia satisfactoria —dijo Jorge de Ayer—. Ustedes acaben sus tareas esta noche y nosotros *volveremos* mañana a la escuela.

—¿De verdad? —exclamó Jorge— ¿Irán a la escuela *DOS DÍAS SEGUIDOS*?

—Nadie se merece eso —gimió Berto.

—𝖭𝗈 𝗇𝗈𝗌 𝗂𝗆𝗉𝗈𝗋𝗍𝖺 —dijeron a la vez Jorge y Berto de Ayer—. ¡𝖭𝗈𝗌 *𝖤𝖭𝖢𝖠𝖭𝖳𝖠* 𝗅𝖺 𝖾𝗌𝖼𝗎𝖾𝗅𝖺!

Así que mientras Jorge y Berto de Ayer dormían en sus camas, Jorge y Berto estuvieron levantados hasta las cinco de la mañana respondiendo preguntas y llenando espacios en blanco.

—¡Chico, estoy agotado! —dijo Jorge—. Si esto sigue así, nos vamos a enfermar.

—Yo ya me estoy enfermando —dijo Berto sonándose la nariz.

CAPÍTULO 13
EL HEDIONDO-KONG 2000

Al día siguiente, el señor Magrazas estaba
construyendo un traje mecánico de gorila en
su laboratorio. El genial profesor de gimnasia
empezó el día rociando a los niños de todas las
clases con su nuevo fármaco para el control de
la mente Lavaniños 2000™.

—¡Saluden a mis hediondas amigas!
—gritaba el señor Magrazas cada vez que
rociaba con los aspersores de sus axilas.

En un tiempo récord, todos los estudiantes de la Escuela Primaria Jerónimo Chumillas estaban transformados. *Todos* y cada uno de los niños tenía Trastorno de Atención Aletargada y Superflua.

—¡Esto es MARAVILLOSO! —exclamó el señor Carrasquilla—. Se acabaron las risas, las tonterías, correr, jugar y hacer travesuras. ¡Es como si usted hubiera eliminado su temperamento y *TAMBIÉN* su imaginación de un plumazo!

—La verdad es que estoy realizando un gran servicio a la humanidad —dijo el señor Magrazas con una sonrisa perversa—. Estoy educando a una generación de autómatas obedientes. Hacen lo que se les dice, no cuestionan la autoridad y, lo mejor de todo, ¡NO SE QUEJAN!

—Sí, pero ¿no será peligroso el Lavaniños 2000™? —preguntó la señora Pichote.

—Para nosotros, no —dijo el señor Magrazas—. Solo afecta a los niños, los adultos son inmunes, así que es totalmente seguro.

El único aspecto negativo del fármaco del señor Magrazas, que se aspiraba por vía intranasal, era que solo duraba veinticuatro horas y por tanto, para que fuera efectivo, había que rociarlo todos los días.

—Esto es lo mejor de mi sistema —dijo el señor Magrazas—. Cuando los padres se den cuenta de lo fácil que es controlar a los niños, ¡pagarán CUALQUIER COSA!

CAPÍTULO 14

A CONTINUACIÓN, UN MENSAJE PATROCINADO...

A medida que pasaba la semana, Jorge y Berto estaban cada vez más empantanados con las tareas de la escuela. Se acostaban cada vez más tarde y se sentían más y más enfermos.

—Hagamos una pausa y veamos la televisión —dijo Jorge una mañana, sonándose la nariz.

—Sí —dijo Berto mientras estornudaba.

Jorge encendió la televisión y empezó a cambiar de canal. De repente vio una cara conocida.

—¡EH! —gritó Berto—. ¡Es el señor Magrazas!

—¿Qué hace en la tele? —aulló Jorge.

Subieron el volumen y los dos niños vieron horrorizados el anuncio del señor Magrazas.

¿Son insoportables sus hijos?

¿Pelean, protestan y gritan todo el tiempo?

¿Solo quieren comer macarrones con queso?

¿Están destrozando su VIDA?

Bueno, LAVANIÑOS 2000™ lo ayudará.

Nuestro fármaco científicamente probado puede transformar al niño más obstinado en un respetuoso, obediente y aplicado esclavo… quiero decir, ángel.

LAVANIÑOS 2000™ proporciona la cantidad diaria de vitamina C que necesitan, así que puede sentirse BIEN medicando a sus hijos con un narcótico del que se desconoce su efecto a largo plazo.

¡Convierta a su mocoso en un adulón lamebotas con LAVANIÑOS 2000™!

—SABÍA que algo andaba mal —dijo Berto—, ¡pero es incluso peor de lo que imaginaba!

—Será mejor que vayamos a la escuela y lleguemos al fondo del asunto —dijo Jorge.

—Pero estamos enfermos —gimió Berto—. Ni siquiera puedo respirar por la nariz.

—Yo tampoco —respondió Jorge—. ¡Pero un niño tiene que hacer lo que tiene que hacer!

CAPÍTULO 15

PONGÁMONOS LA MÁSCARA

Jorge y Berto buscaron en sus casas hasta que encontraron lo que necesitaban. No podían aparecerse otra vez en la escuela y que los reconocieran. Habían aprendido esa lección en el último libro. Jorge y Berto tenían que disfrazarse y el disfraz tenía que ser convincente.

Cuando llegaron a la escuela, Jorge se
disfrazó detrás de unos arbustos y se subió
a los hombros de Berto. Luego se dirigieron
al edificio. Normalmente, los desconocidos
que llegaban a la Escuela Primaria Jerónimo
Chumillas tenían que firmar en la oficina y
luego pasar por el control de seguridad. Pero
Jorge y Berto notaron que las cosas estaban más
relajadas.

La primera señal fue que en la oficina no había adultos. O al menos eso parecía. Fijándose con más atención descubrieron que la secretaria de la escuela, la señorita Antipárrez, estaba profundamente dormida bajo su mesa. Unos niños de tercer grado le daban un masaje en los pies mientras que los niños del club audiovisual de sexto grado respondían el teléfono y archivaban papeles.

—Qué raro —dijo Jorge.

Mientras Jorge y Berto avanzaban por el pasillo, todo era cada vez más extraño. Primero, notaron una bruma color café en el aire.

—Me pregunto qué será esta niebla café —dijo Jorge.

—No sé —respondió Berto—. No puedo oler nada por el resfriado.

—Yo tampoco —dijo Jorge.

Mientras iban de clase en clase, se dieron cuenta de que los otros maestros también estaban dormidos y sus estudiantes les hacían todo tipo de cosas extrañas. Algunos niños les daban masajes, otros los estaban afeitando y otros les depilaban las cejas o les cortaban el cabello.

Los niños del club de matemáticas preparaban las declaraciones de impuestos de los maestros, mientras que otros niños lavaban los autos en el estacionamiento de la escuela.

Finalmente, Jorge y Berto llegaron a la cafetería, donde varios maestros estaban acostados sobre las mesas. Los niños les daban masajes Ashiatsu y manicuras y pedicuras al mismo tiempo.

—Madre mía, cómo ha mejorado todo desde que tenemos el Lavaniños 2000™ —dijo la señorita Miseria.

—Ya lo creo —dijo la señora Tolondretas—. Ya estaba satisfecha cuando mis estudiantes por fin se sentaron quietos y prestaron atención todo el día. ¡Pero cuando descubrí que obedecían todas mis órdenes sin rechistar, mi vida cambió!

—¡Y la mía! —exclamó el señor Regúlez—. Acabo de enviar a toda mi clase a mi casa. ¡Mientras hablamos, están cortando el césped, regando las plantas y pintándome la casa!

Los tres maestros se rieron con ganas y después se fueron quedando dormidos.

—¡Ay, NO! —gimió Berto—. ¡Los maestros han convertido a todos los niños en esclavos sin cerebro! Mejor vámonos antes de que *nos* conviertan también en esclavos.

—Sí —respondió Jorge con una sonrisa
traviesa—, pero antes vamos a divertirnos un
poco.

CAPÍTULO 16
FELICES BROMAS

—Si todos los niños de la escuela obedecen ciegamente las órdenes de los adultos —dijo Jorge—, quizás obedezcan también NUESTRAS órdenes ya que estamos *disfrazados* de adulto.

—Eso tiene sentido —dijo Berto—. ¡Pidámosles a todos que *DEJEN* de seguir órdenes!

—No —dijo Jorge—. Esa broma ya la hemos usado en este libro. ¡Tengo una idea mejor!

Así que Jorge y Berto fueron por la escuela susurrando *NUEVAS* órdenes. Primero susurraron nuevas órdenes a los niños que estaban cortando el pelo y afeitando.

—¿Está seguro? —preguntaron los niños.

—Claro que estoy seguro —dijo Jorge—. ¡Soy una figura de autoridad!

—Muy bien, señor —dijeron los niños.

Después susurraron nuevas órdenes a los niños que preparaban las declaraciones de impuestos.

—¿Está seguro? —preguntaron los niños.

—¡Soy un adulto! —respondió Jorge—. ¡No me cuestionen!

—De acuerdo, señor —dijeron los niños.

Después le dieron marcadores permanentes a otro grupo de niños y les susurraron nuevas órdenes.

—¿Está SEGURO? —preguntaron los niños.

—¡Claro que sí! —dijo Jorge—. ¡Soy un adulto y no me equivoco!

—A sus órdenes —dijeron los niños.

Jorge y Berto continuaron haciendo lo mismo durante el resto de la tarde, dando nuevas indicaciones a cada niño con el que se cruzaban.

—Será mejor que nos vayamos —dijo Berto—. Los maestros se van a despertar muy pronto ¡y no van a estar muy contentos!

—De acuerdo —dijo Jorge—. Podemos hacer la última broma camino a casa.

Mientras volvían a la casa del árbol, Jorge y Berto se detuvieron en la casa del señor Regúlez. El jardín estaba lleno de niños que cortaban el césped, regaban las flores y pintaban la casa. Jorge también les susurró nuevas órdenes.

—¿Está SEGURO? —preguntaron los niños.

—Segurísimos —dijo Jorge—. Quiero decir, ¡*ESTOY* seguro! No usen sus cerebros. ¡Simplemente sigan las órdenes!

CAPÍTULO 17

DESPIERTA, DESPIERTA, SE ACABÓ LA SIESTA

Jorge y Berto volvieron a la casa del árbol sintiéndose muy bien consigo mismos. En la escuela, los maestros empezaban a despertarse, pero no estaban igual de bien.

—¡Eh! —gritó la señorita Antipárrez—. ¡Me han pintado la cara con marcadores permanentes mientras dormía!

—¡A mí también! —gritó la señorita Depresidio—. ¡Y me han pintado *el trasero*!

—¡Me han cortado el pelo como a un mohicano! —aulló la señora Pichote.

—¡Me han afeitado las cejas y me las han *pegado* en la barbilla! —vociferó la señorita Miseria.

—¡Me hicieron la declaración de impuestos en jerigonza y la enviaron a la Administración Tributaria! —chilló la señora Misterapias.

La señora Nipachasco corrió al espejo.

—Por suerte a mí no me hicieron nada —rió—. ¡Hurra!

—¡No miren! —gritó el señor Perrofiel—. ¡Pero un grupo de niños en el estacionamiento está llenando nuestros autos con queso cremoso bajo en grasa!

Todos los maestros corrieron a las ventanas.

—¡¡¡¡¡PERO QUÉ SIGNIFICA ESTO?!!!? —gritaron.

—Seguimos órdenes —respondió uno de los niños.

—¿QUIÉN LES DIO ESAS ÓRDENES? —aulló el señor Carrasquilla.

—Una figura de autoridad —dijo otro niño—. Nunca cuestionamos a una figura de autoridad.

Los maestros
estaban furiosos.
Cruzaron la ciudad y llegaron
al edificio viejo y abandonado que
el señor Magrazas había convertido
en la fábrica del Lavaniños 2000™.

—¡MIRE LO QUE ESOS NIÑOS NOS
HICIERON! —gritó el señor Carrasquilla al
señor Magrazas—. ¡Ese estúpido y apestoso
líquido no funciona!

—Eso es imposible —dijo el señor
Magrazas—. Llegaré al fondo de este asunto.

CAPÍTULO 18

CONDUCTOR BAJO EN GRASA

El señor Magrazas volvió corriendo a la escuela,
se subió a su auto completamente lleno de
queso cremoso bajo en grasa y manejó por la
ciudad. Ni siquiera su cerebro increíblemente
inteligente era capaz de adivinar qué podía
haber pasado.

Mientras manejaba, vio algo muy curioso.
Un grupo de niños regaba una casa, cortaba las
flores con la podadora y pintaba el césped. El
señor Magrazas detuvo el auto y se bajó.

—¿Qué *DEMONIOS* están haciendo? —preguntó.

—Seguimos órdenes —dijo uno de los niños.

—¿Quién les ordenó hacer esto? —preguntó el señor Magrazas.

—Un adulto —dijo el niño—. Los adultos no se equivocan.

El señor Magrazas se subió al auto.

—Ningún adulto le daría esas instrucciones a un niño —concluyó el señor Magrazas—. Esto TIENE que ser obra de un *NIÑO*. ¡Y solo hay una manera de solucionar *ese* problema!

El señor Magrazas volvió a toda prisa a su fábrica y se subió al traje mecánico Hediondo-Kong 2000 que llevaba construyendo toda la semana.

—En algún lugar de esta ciudad hay *niños* escondidos —dijo el señor Magrazas—, ¡y voy a *ENCONTRARLOS*!

CAPÍTULO 19
A ROCIAR

El genial profesor de gimnasia salió caminando pesadamente de su fábrica. Se dirigió calle abajo rociando todo lo que veía con los aspersores de sus repulsivas axilas.

—¡SALUDEN A MIS HEDIONDAS AMIGAS! —gritaba.

Sobre la ciudad flotaban las espantosas nubes color café, que se volvían cada vez más grandes y espesas a medida que se extendían por todas partes. Varias horas después, Jorge y Berto ya podían verlas desde la ventana de su casa del árbol.

—Ahí está otra vez la niebla color café —dijo Jorge—. ¡Alcanzará *nuestro* barrio enseguida!

—Es una suerte que tengamos la nariz taponada —dijo Berto—. Como no podemos olerla, somos inmunes.

—Sí, pero nuestros resfriados no durarán para siempre —dijo Jorge—. Ya empiezo a sentirme mejor.

—Ay, no —dijo Berto—. ¡DEPRISA, tenemos que encontrar un adulto en quien confiar!

Jorge y Berto no tenían más remedio que pedir ayuda a sus padres. Los dos desesperados niños entraron sigilosamente en la casa de Berto, donde las dos familias estaban sentadas a la mesa, acabando de cenar.

—Gracias por invitarnos a cenar —dijo el papá de Jorge.

—Siempre es un placer —dijo la mamá de Berto.

—Por favor, permítannos recoger los platos —dijo Jorge de Ayer.

—Qué idea tan espléndida —dijo Berto de Ayer—. Lo lavaremos todo y limpiaremos el piso. ¡Qué bien lo vamos a pasar!

Jorge y Berto se escondieron en el pasillo esperando el momento adecuado para entrar y contarles a todos su terrible desgracia. Pero antes de que surgiera la oportunidad, sus padres empezaron a hablar.

—No sé qué les pasa a estos niños últimamente —dijo el papá de Jorge—, pero ¡ME GUSTA!

—A mí también —dijo la mamá de Berto—. Han madurado mucho estos últimos días.

—Es como si hubiera cambiado su personalidad —dijo la mamá de Jorge—. ¡Es una *gran mejoría*!

Jorge y Berto se miraron con tristeza…

Y volvieron a la casa del árbol con el corazón destrozado.

—Ay, chico —dijo Berto—, a nuestros padres les gusta más la *nueva* versión de nosotros que la *auténtica* versión de nosotros.

—Tenemos que encontrar otros adultos en los que REALMENTE podamos confiar —dijo Jorge.

—Pero, ¿quiénes? —gimió Berto.

—Tengo una idea —dijo Jorge.

Jorge y Berto cruzaron la ciudad a través de
la asfixiante nube café hasta la casa de Gustavo
Lumbreras. Por suerte, la puerta del garaje
estaba abierta. Mejor aún, sus trajes máquinas
del tiempo Robocalamares luminiscentes
también estaban allí.

Jorge se subió a la cabina del piloto de uno
de ellos y lo encendió. El traje Robocalamar
se inclinó y agarró a Berto con uno de sus
tentáculos. Luego se deslizó por la acera
mientras Jorge programaba los mandos.

—Sabes que no deberíamos llevarnos esto —dijo Berto—. No es nuestro.

—Sí lo *ES*, técnicamente hablando —dijo Jorge—. Gustavo solo tenía *uno* de estos trajes y NOSOTROS hicimos el segundo. No puedes *robar* algo que has hecho tú mismo, ¿verdad?

—Tienes razón —dijo Berto.

Jorge terminó de programar los mandos y pulsó el botón de arranque. El traje Robocalamar vibró, chisporroteó y después desapareció en una bola de luz cegadora.

CAPÍTULO 20
¡VÁMONOS!

Al instante Jorge y Berto fueron transportados veinte años hacia el futuro. Se acercaron a toda velocidad a una señora que estaba sentada en un banco con su hijo de veintitrés años.

—¡Mira, hijo! —dijo la señora—. ¡Un robot calamar gigante luminiscente con un niño pequeño en sus tentáculos!

—*Claro*, mamá —respondió su hijo—. Mira, tienes que tomarte la medicina TODOS LOS DÍAS o si no...

—Disculpe —dijo Jorge.

El joven levantó la vista de su teléfono.

—¡¡¡AY, MADRE!!! ¡¡¡ES UN ROBOT CALAMAR GIGANTE LUMINISCENTE CON UN NIÑO EN SUS TENTÁCULOS!!!

—Ah, sí —dijo Jorge—. Mira, necesitamos usar tu teléfono. Estamos buscando a Jorge Betanzos.

—¿Te refieres al escritor? —dijo el joven.

—¿Dijiste *ESCRITOR*? —exclamó Jorge emocionado.

—Sí, todo el mundo conoce a Jorge Betanzos. Escribe las novelas gráficas de Hombre Perro.

—*¡¡¡PERO QUÉ DICES!!!* —aulló Jorge.

El chico sintió tanta alegría que no pudo contenerse. El traje Robocalamar luminiscente se puso a saltar y a bailar.

—¡¡¡ESCRIBIRÉ NOVELAS GRÁFICAS EN EL FUTURO!!! —vociferó Jorge —. ¡¡¡SÍ, SÍ!!! ¡¡¡ESCRIBIRÉ NOVELAS GRÁFICAS EN EL FUTURO!!!

—¡Tranquilízate! —gritó Berto, que empezaba a marearse con tanto salto y tantas vueltas—. Chico, estás actuando como un loco. ¡Un poquito de autocontrol! ¿DE ACUERDO?

—Lo siento —dijo Jorge, dejándolo en el suelo.

—¿Sabes dónde vive el señor Betanzos? —preguntó Jorge al joven.

—Sí, vive por allí, en los Altos del Chaparral, junto al dibujante —respondió el chico—. Creo que se llama… Berto *Benares* o algo así.

POM

—¡*SOY* BERTO BENARES O ALGO ASÍ!
—vociferó Berto, saltando como un loco, dando
volteretas y corriendo en círculos como si
estuviera turulato—. ¡¡¡SERÉ ILUSTRADOR DE
NOVELAS GRÁFICAS EN EL FUTURO!!! ¡¡¡AY,
MADRE!!! ¡¡¡SERÉ ILUSTRADOR DE NOVELAS
GRÁFICAS EN EL FUTURO!!!

—Oiga, *señor Autocontrol* —dijo Jorge—,
¡vamos a conocer a nuestros yos del futuro!

CAPÍTULO 21

ENCANTADO DE CONOCERME

Jorge y Berto llamaron con impaciencia a la puerta del yo futuro de Jorge. Estaban tan emocionados que casi habían olvidado por qué habían viajado al futuro.

Jorge del futuro abrió la puerta. Se parecía mucho a Jorge, solo que era muy, muy viejo. ¡Tenía casi *TREINTA* años!

Jorge el Viejo reconoció a Jorge y a Berto.

—¡AY, CARAMBA! —gritó Jorge el Viejo—. ¿Pero *qué* hacen aquí?

La esposa de Jorge el Viejo se acercó a la puerta.

—No seas maleducado con tus fans, querido —dijo—. ¡Diles que entren! Niños, están ustedes en su casa.

—Estos no son fans, querida —dijo Jorge el Viejo—. ¡Somos NOSOTROS!

—¿Nosotros, *quiénes*? —preguntó la señora Betanzos.

—Somos Berto y yo de niños —dijo Jorge el Viejo.

Jorge y Berto aceptaron la invitación de la señora Betanzos y se comportaron como si estuvieran en su casa. Corretearon alegremente por todas partes, revisando las cosas de Jorge el Viejo.

—¡Tu casa del futuro es *ALUCINANTE*! —dijo Berto.

—Gracias —dijo Jorge—. ¡Reconozco que tengo bastante buen gusto!

—*¡AY, MADRE!* —gritó Berto—. ¡Tienes una MÁQUINA DE BOLAS PINBALL!

—¡CHÉVERE! —exclamó Jorge—. ¡Siempre quise una!

—¿Puedo jugar? —preguntó Berto.

—Supongo que sí —dijo Jorge—. Después de todo, ¡es *mía*!

—¡Mira, Berto! —exclamó Jorge—. ¡En mi jardín hay una casa en el árbol!

—Bueno… este, la casa no es para *nosotros* —dijo Jorge el Viejo—. Es para nuestros hijos.

—¿¡¡¿Nuestros *HIJOS*?!!? —exclamó Jorge.

—Creo que es hora de que conozcan a toda la familia —dijo la señora Betanzos—. Iré a buscar a los niños, cielo, mientras tú llamas a Berto y a Billy.

CAPÍTULO 22

LA FAMILIA AL COMPLETO

Rápidamente todos se reunieron en el estudio de Jorge el Viejo. Jorge el Viejo, su esposa y sus hijos, Meena y Nik, se sentaron en el sofá, mientras que Berto el Viejo, su esposo y sus gemelos, Owen y Kei, se acomodaban en el gigante sofá puff.

—Niños —dijo la señora Betanzos—, me gustaría presentarles a sus padres.

—¿Qué tal? —dijo Jorge.

—Somos sus padres cuando eran niños —dijo Berto.

—¡Papá, qué alucinante! —exclamó Meena—. ¡De niño eras lindo!

—¿Cómo que *de niño*? —exclamó Jorge el Viejo.

—Estamos aquí porque necesitamos tomar prestados a sus papás —dijo Berto—. ¡Son los únicos adultos en los que podemos confiar!

—Sí —dijo Jorge—. ¡Se trata de una emergencia!

—Un momento —dijo Berto el Viejo—. No recuerdo haber hecho nada de esto cuando éramos niños. ¿Y tú, Jorge?

—No —dijo Jorge el Viejo—. Si *esto* ocurrió en nuestro pasado, ¿por qué no lo recordamos?

—No lo sé —dijo Berto.

—Seguramente está mal escrito —dijo Jorge.

—Bueno, si tenemos que ayudarlos, lo mejor es que nos vayamos ya —dijo Jorge el Viejo—. ¡En marcha!

—Pero esperen —dijo Berto—. Tenemos que terminar la partida de pinball.

—Sí —dijo Jorge—. Y todavía no hemos leído sus novelas gráficas.

—Pensaba que se trataba de una *emergencia* —dijo Berto el Viejo.

—Un capítulo solamente —suplicó Berto—. *¡Por faaaaa!*

—Bueno, de acuerdo —dijo Berto el Viejo.

Jorge y Berto agarraron una novela gráfica de la estantería, la abrieron y empezaron a leer por un capítulo al azar.

CAPÍTULO 23

HOMBRE PERRO: UN CAPÍTULO CUALQUIERA

HOMBRE PERRO ESTÁ MUERTO...

ZZZZZIIIIIP!

¡MIS PLANTAS CARNÍVORAS YA SE LO HABRÁN COMIDO!

SUAN

¡Y AHORA, QUERIDOS POLICÍAS, ES SU TURNO!

¡EH! ¡ROMPISTE MI ESPADA!

¡ME DEBES DIECISÉIS PESOS!

¡BUAAAAAAAAA!

¿ASÍ QUE QUIERES JUGAR **DURO**, EH?

¡MI MÁSCARA!

¡EH, TÚ NO ERES PEDRITO MECÁNICO!

¡NO! ¡ERA YO: TOCINETA! ¡EL PEZ ÁNGEL PSICO-QUINÉTICO MÁS SINIESTRO DEL MUNDO!

¿¡¡¿TOCINETA?!!? ¡PENSÉ QUE ESTABAS MUERTO!

¡ESO ES LO QUE QUERÍA QUE PENSARAN!

CONTINUARÁ...

CAPÍTULO 24

¡VÁMONOS! (OTRA VEZ)

—¿Y bien? —preguntó Jorge el Viejo—. ¿Qué les pareció? ¿Les gustó?

—No está mal —dijo Berto.

—Eso —dijo Jorge—. No está mal… para unas personas mayores.

—¿¡¡¿NO ESTÁ MAL?!!? —gimió Berto el Viejo.

—¿¡¡¿PERSONAS MAYORES?!!? —gimió Jorge el Viejo.

—Bueno, ¡en marcha! —dijo Jorge.

Salió al jardín delantero y encendió el traje Robocalamar. Extendió los tentáculos mecánicos y agarró a Berto, Berto el Viejo y Jorge el Viejo.

De repente todo se puso a temblar y chisporrotear mientras una enorme bola de luz eléctrica los envolvía.

—¿Están listos? —preguntó Berto.

—*¿¡¡¿NO ESTÁ MAL?!!?* —gimió Berto el Viejo.

—*¿¡¡¿PERSONAS MAYORES?!!?* —gimió Jorge el Viejo.

Mientras nuestros héroes empezaban a desaparecer en los cambiantes paradigmas del tiempo, se despidieron de sus asustadas familias.

—No se preocupen, niños —gritó Jorge—. ¡Volveremos en el capítulo 38!

CAPÍTULO 25

HOY, HACE VEINTE AÑOS...

Todo se detuvo de repente. Jorge, Berto y sus futuros yos contemplaron el horizonte desde una colina sin urbanizar. Habían vuelto al presente. Desde allí vieron la ciudad envuelta en una hedionda nube color café.

Caminaron a toda velocidad entre las sombrías nubes hacia la casa del árbol.

—¡MADRE MÍA! —exclamó Jorge el Viejo—.
¡Hacía años que no subía aquí!

—¡Mira! —exclamó Berto el Viejo—.
¡Son Tony, Orlando y Dawn! ¡Los recuerdo
perfectamente!

—Sí, ¿qué fue de ellos? —dijo Jorge el
Viejo—. Un buen día *desaparecieron*.

—No sé a qué te refieres —dijo Berto—.
Siempre han estado aquí, desde que nacieron.

—Chicos, tienen que quedarse —dijo Jorge
el Viejo—. Nosotros nos ocuparemos del señor
Magrazas y su gas hediondo.

—¡Eso! —dijo Berto el Viejo—. ¡Esta vez les
toca a los *adultos* salvar el mundo!

CAPÍTULO 26
GORILA HEDIONDO

Jorge el Viejo y Berto el Viejo salieron corriendo hacia la casa del señor Carrasquilla.

Por desgracia, en ese momento el señor Magrazas se encontraba en la calle donde vivía el señor Carrasquilla, vestido con su traje mecánico Hediondo-Kong 2000, rociando una niebla fétida color café por todo el vecindario. Jorge el Viejo llamó al timbre del señor Carrasquilla muerto de miedo. El señor Carrasquilla abrió la puerta de golpe. Llevaba toda la tarde intentando quitarse el marcador permanente de la cara.

—¿Qué quieren *USTEDES*? —gritó el señor Carrasquilla.

—Necesitamos la ayuda de un viejo amigo —dijo Berto el Viejo, chasqueando los dedos.

¡CHAS!

—¿Y BIEN? —gritó el señor Carrasquilla—.
¡¡¡RESPÓNDANME!!!

Jorge el Viejo y Berto el Viejo se miraron
atónitos.

—¡No funcionó! —gimió Berto el Viejo.

Y esta vez los dos chasquearon los dedos.

¡CHAS! ¡CHAS! ¡CHAS! ¡CHAS! ¡CHAS! ¡CHAS!

—¡EH! —gritó el señor Carrasquilla—.
¡Dejen de chasquear los dedos delante de mi
cara, chiflados!

El señor Magrazas, vestido con su traje
mecánico Hediondo-Kong 2000, estaba
cada vez más cerca.

¡CHA

CHAS! ¡CHAS!

¡CHAS!

¡C

¡CHAS!

Toda la calle retumbaba con cada pisada metálica del gorila. Jorge el Viejo y Berto el Viejo continuaron chasqueando los dedos enfebrecidos.

—¿Por qué no funciona? —gimió Berto el Viejo mientras chasqueaba los dedos.

—¡Debe de ser porque tiene la cara mojada! —respondió Jorge el Viejo—. ¡El agua debe impedir que se transforme!

—¡ESCUCHEN, *TONTOS*! —aulló el señor Carrasquilla—. ¡Salgan de mi jardín o llamo a la POLICÍA! ¡Ustedes son ADULTOS y se están comportando como NIÑOS!

De repente, el señor Magrazas se detuvo.

—¿*Adultos que se comportan como niños?*
—dijo, y miró a Jorge el Viejo y a Berto el
Viejo. Su cerebro de genio empezó a calcular
rápidamente, mientras los calibraba con la
mirada. Entonces su rostro se iluminó con una
sonrisa siniestra y malvada.

—Adultos que se comportan como niños
serían inmunes a mi aerosol Lavaniños 2000™
—dijo el señor Magrazas—. ¡Así que *ELLOS*
deben de ser los bromistas que estoy buscando!

El señor Magrazas se acercó a Jorge el Viejo
y Berto el Viejo y atrapó a los dos amigos con
las garras poderosas del Hediondo-Kong 2000.

CAPÍTULO 27

CAPÍTULO DE INCREÍBLE VIOLENCIA GRÁFICA, PARTE 1 (EN FLIPORAMA™)

MARCA Pilkey®

RAMA

¡ASÍ ES COMO FUNCIONA!

PASO 1
Colocar la mano *izquierda* dentro de las líneas de puntos donde dice "AQUÍ MANO IZQUIERDA". Sujetar el libro *abierto del todo*.

PASO 2
Sujetar la página de la *derecha* entre el pulgar y el índice derechos (dentro de las líneas que dicen "AQUÍ PULGAR DERECHO").

PASO 3
Ahora agitar *rápidamente* la página de la derecha de un lado a otro hasta que parezca que la imagen está *animada*.

(¡Diversión asegurada con la incorporación de efectos sonoros personalizados!)

FLIPORAMA 1

(páginas 143 y 145)

Acuérdense de agitar *solo* la página 143.
Mientras lo hacen, asegúrense de que
pueden ver la ilustración de la página 143
y la de la página 145.
Si lo hacen deprisa, las dos imágenes
empezarán a parecer *una sola*
imagen *animada*.

¡No olviden añadir sus propios
efectos sonoros!

AQUÍ MANO IZQUIERDA

PRIMER TORTAZO
DIRECTO A LA CARA

AQUÍ
PULGAR
DERECHO

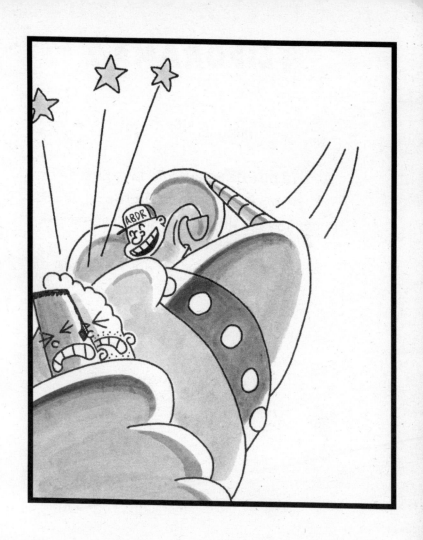

PRIMER TORTAZO
DIRECTO A LA CARA

FLIPORAMA 2

(páginas 147 y 149)

Acuérdense de agitar *solo* la página 147.
Mientras lo hacen, asegúrense de que
pueden ver la ilustración de la página 147
y la de la página 149.
Si lo hacen deprisa, las dos imágenes
empezarán a parecer *una sola*
imagen *animada*.

¡No olviden añadir sus propios
efectos sonoros!

AQUÍ MANO IZQUIERDA

MÁTAME SUAVECITO
CON TU GORILÓN

AQUÍ
PULGAR
DERECHO

MÁTAME SUAVECITO
CON TU GORILÓN

CAPÍTULO 28

NO VAYAS A ROMPERME LA ESPALDA

Gracias a su traje mecánico Hediondo-Kong 2000, el señor Magrazas salió victorioso. Agarró a Jorge el Viejo y a Berto el Viejo con su poderoso puño metálico y empezó a exprimirlos.

—Oye, no mates a esos tipos —dijo el señor Carrasquilla mientras se secaba la cara con una vieja toalla roja con puntos negros—, ¡me estropearás el césped!

—Se acaba de secar la cara —dijo casi sin aliento Berto el Viejo—. ¡Es nuestra oportunidad!

Jorge el Viejo y Berto el Viejo extendieron el brazo débilmente y chasquearon los dedos.

¡CHAS! ¡CHAS!

De repente, una sonrisa bobalicona se extendió por el rostro recién secado del señor Carrasquilla.

En un abrir y cerrar de ojos se quitó la ropa
y se amarró la toalla roja alrededor del cuello.
Estaba a punto de comenzar la batalla del siglo.

CAPÍTULO 29

CAPÍTULO DE INCREÍBLE VIOLENCIA GRÁFICA, PARTE 2 (EN FLIPORAMA™)

FLIPORAMA 3

(páginas 155 y 157)

Acuérdense de agitar *solo* la página 155.
Mientras lo hacen, asegúrense de que
pueden ver la ilustración de la página 155
y la de la página 157.
Si lo hacen deprisa, las dos imágenes
empezarán a parecer *una sola*
imagen *animada*.

¡No olviden añadir sus propios
efectos sonoros!

AQUÍ MANO IZQUIERDA

ALGUIEN
LE HIZO DAÑO
AL GORILÓN

AQUÍ
PULGAR
DERECHO

ALGUIEN
LE HIZO DAÑO
AL GORILÓN

FLIPORAMA 4

(páginas 159 y 161)

Acuérdense de agitar *solo* la página 159.
Mientras lo hacen, asegúrense de que
pueden ver la ilustración de la página 159
y la de la página 161.
Si lo hacen deprisa, las dos imágenes
empezarán a parecer *una sola*
imagen *animada*.

¡No olviden añadir sus propios
efectos sonoros!

AQUÍ MANO IZQUIERDA

COMBATO A LOS GORILONES QUE APESTAN AL MUNDO ENTERO

AQUÍ PULGAR DERECHO

COMBATO A LOS
GORILONES QUE APESTAN
AL MUNDO ENTERO

CAPÍTULO 30

CANCIÓN TRISTE DE LA PENITENCIARÍA DEL VALLE DEL CHAPARRAL

El traje mecánico Hediondo-Kong 2000 fue destruido y el señor Magrazas acabó en una celda en la Penitenciaría del Valle del Chaparral. El director de la prisión, Gregorio Caspicoso, se detuvo a charlar con el señor Magrazas.

—Bueno, bueno, bueno —dijo el director Caspicoso—. ¡Parece que sus días de dar órdenes se HAN TERMINADO!

—Ve a prepararme un sándwich de ensalada de huevo —dijo el señor Magrazas.

—¡A la orden! —respondió el director.

—¡Y no olvides poner pepinillos encurtidos! —dijo el señor Magrazas.

—¡Por supuesto! ¡No me olvidaré, señor! —respondió el director Caspicoso.

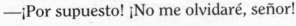

Cinco minutos más tarde, el director Caspicoso volvió con un delicioso sándwich de ensalada de huevo con bastantes pepinillos encurtidos. El señor Magrazas lo agarró y lo devoró con ansia.

De repente, el cuerpo del señor Magrazas empezó a cambiar. La mayonesa y los pepinillos encurtidos se mezclaron con el Cigo-chisporroteador 24 que había en su cuerpo. Primero empezó a vibrar y a brillar mientras le salían chispitas eléctricas de los dedos. Después empezó a hacerse más grande.

El señor Magrazas creció, creció y creció tanto
que reventó las paredes de la celda. Después se
abrió camino por el muro de la cárcel.

El señor Magrazas se había transformado
en una masa viscosa de pura energía muy
inteligente.

—¡SOY EL SEÑOR SOHEDIONDO! —aulló
mientras arrasaba todo lo que encontraba a su
paso con un cataclismo de descargas eléctricas.

CAPÍTULO 31

REZUMA POR LA CALLE

El Señor Sohediondo se deslizaba rezumando por la calle en busca de dulce, dulce venganza.

—¡Capitán Calzoncillos! —aullaba divertido—. ¡Ven a *JUGAAAR*!

De repente, el Capitán Calzoncillos se acercó volando y golpeó al Señor Sohediondo en mitad de la cabeza con un poste de teléfono.

La masa gigante y malvada agitó sus poderosos puños y lanzó rayos eléctricos, pero el Capitán Calzoncillos era demasiado rápido para él.

Jorge el Viejo y Berto el Viejo se quedaron en la acera, animando al Guerrero Superelástico.

—¡No lo dejes escapar, Capitán Calzoncillos! —exclamó Jorge el Viejo.

—¡Vence a esta cosa para que podamos irnos a casa! —gritó Berto el Viejo.

¡PUMBA!

El Señor Sohediondo estaba frustrado y
colérico. Y entonces se le ocurrió algo muy
inteligente.

"Esos dos tipos *parecen* conocer muy bien
al Capitán Calzoncillos —se dijo—. Creo
que es hora de averiguar qué es lo que saben
EXACTAMENTE".

El Señor Sohediondo alzó su terrorífico
puño sobre Jorge el Viejo y Berto el Viejo...

y los aplastó de un golpe formidable.

La energía en el interior del Señor Sohediondo empezó a absorber a Jorge el Viejo y a Berto el Viejo. Los dos amigos empezaron a fusionarse con la malvada masa de energía y, en un santiamén, los tres se convirtieron en uno.

—¡JA, JA, JA! —rió el Señor Sohediondo—. He absorbido sus cuerpos y sus recuerdos. ¡Muy pronto sabré todo lo que USTEDES saben!

El Señor Sohediondo utilizó su enorme
y resplandeciente cerebro para repasar
rápidamente los recuerdos de Jorge el Viejo y
Berto el Viejo. Averiguó cómo se conocieron,
cómo se hicieron amigos y cómo crearon al
Capitán Calzoncillos. Desafortunadamente, el
Señor Sohediondo también descubrió cómo
DESTRUIR al Capitán Calzoncillos.

Una sonrisa siniestra se extendió por el
rostro viscoso del increíblemente inteligente
supervillano. Se dirigió rezumando y riendo
como un loco hacia el lago Algo.

—¡Deja a esos chicos ahora mismo o si no
yo…! —dijo el Capitán Calzoncillos.

—*¡Tú no harás NADA!* —aulló el Señor Sohediondo mientras introducía su gigantesca mano en el lago Algo y propulsaba hacia arriba un enorme chorro de agua.

CAPÍTULO 32

LA NOCHE EN QUE SE APAGARON LAS LUCES EN EL VALLE DEL CHAPARRAL

El chorro de agua alcanzó al Capitán Calzoncillos con un fuerte *esplás*. Nuestro héroe perdió de golpe toda su confianza y se desplomó gritando.

—¡AAAAAAyyyyy! —aulló cuando chocó
contra el suelo y se golpeó, provocando un
sonido atronador.

—¡Estoy bien! —dijo el señor Carrasquilla.

—¡Espera un momento! —gritó el Señor Sohediondo—. ¡Ni siquiera está *herido*! ¿Cómo puede ser?

El Señor Sohediondo extendió la mano y tocó el hombro del señor Carrasquilla con uno de sus dedos gigantes y resplandecientes. Una poderosa descarga de energía Cigo-chisporroteadora salió proyectada de la punta del dedo y empezó a escanear el cuerpo del señor Carrasquilla. El protuberante cerebro del villano analizó hasta la última cadena de ADN del señor Carrasquilla… y entonces detectó una sustancia extraña.

—¡AJÁ! —exclamó el Señor Sohediondo—. ¡Tienes *jugo superpoderoso extraterrestre* en tu ADN! ¡Supongo que tendré que extraerlo!

El dedo del Señor Sohediondo se volvió cada vez más resplandeciente mientras ejecutaba una de las operaciones quirúrgicas más difíciles: la *superjugoectomía*. Con mucho cuidado fue quitando todos los elementos superpoderosos del ADN del señor Carrasquilla y los fue incorporando a su cuerpo enorme y resplandeciente.

El señor Carrasquilla no estaba herido, pero igualmente salió corriendo y gritando de vuelta a casa.

—¡Ahora SOY YO quien tiene superpoderes! —rió el Señor Sohediondo—. ¡Y ahora soy realmente imparable!

CAPÍTULO 33

TRANSMITIENDO BUENAS VIBRACIONES

Sin embargo, el Señor Sohediondo no se dio cuenta de que Jorge el Viejo y Berto el Viejo seguían formando parte de él. Como se habían fusionado, los cerebros de los dos amigos estaban ahora inundados del superpoderoso Cigo-chisporroteador 24.

Jorge el Viejo y Berto el Viejo no tardaron mucho en repasar cada partícula de Cigo-chisporroteador 24 y cada resplandeciente unidad de energía eléctrica que formaba su pesado, torpe y monstruoso cuerpo.

Se enteraron de todo rápidamente, desde
la composición química de su archienemigo
hasta los acontecimientos que condujeron a
la destrucción de Tierra Inteligente. Jorge el
Viejo y Berto el Viejo se asomaron por la parte
de atrás de la cabeza del Señor Sohediondo y
empezaron a enviar un mensaje.

Los dos viejos amigos se pusieron a pensar
con todas sus fuerzas hasta que empezaron a
emitir una señal telepática desde sus cabezas
viscosas hasta la vieja casa del árbol, situada
a millas de distancia.

Por desgracia, Jorge y Berto estaban profundamente dormidos y no se enteraron del mensaje telepático.

¡Pero por suerte, alguien sí lo captó!

Tony, Orlando y Dawn salieron volando de
la casa del árbol y se dirigieron a un centro
comercial cercano. El destino de todo el planeta
estaba en sus pequeñas pezuñas.

CAPÍTULO 34

RISAS BAJO LA LUZ DE LA LUNA

El Señor Sohediondo había vencido.

—¡Acabo de derrotar al superhéroe más grande del mundo! ¡Ahora yo soy el ser más inteligente y más poderoso que hay sobre TODA la tierra!

Se dirigió rezumando hasta la fábrica del Lavaniños 2000™ y besó dulcemente el tejado.

—Muy pronto, mi líquido hediondo se apoderará del cerebro de todos los niños del planeta —gritó—. ¡Yo seré su líder y ellos obedecerán mis órdenes!

El Señor Sohediondo echó su enorme y espantosa cabeza hacia atrás y rió y rió y rió.

—¡JA! ¡JA! ¡JA! ¡JA! ¡JA!

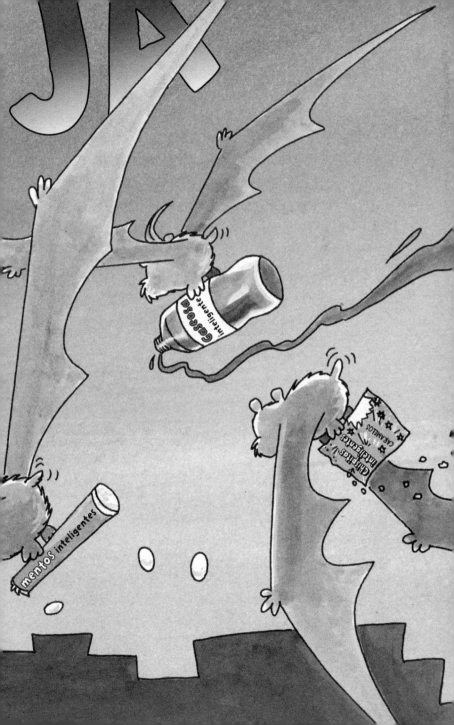

CAPÍTULO 36

ATRAPADOS EN EL CHARCO

La terrible explosión hizo estallar el cuerpo del Señor Sohediondo, expulsando una poderosa corriente electromagnética y lanzando el jugo superpoderoso y el Cigo-chisporroteador 24 al espacio sideral.

La fábrica fue destruida. El gas Lavaniños 2000™ se desintegró y solamente quedó una sustancia viscosa y hedionda.

Una multitud de personas se reunió alrededor del lago Algo para contemplar la horrible devastación viscosa.

De repente, la masa viscosa empezó a temblar y a moverse. Jorge el Viejo y Berto el Viejo surgieron del centro pegajoso. Estaban ilesos.

—¡HURRA! —exclamó la multitud.

La sustancia viscosa empezó a moverse de nuevo y de golpe aparecieron Tony, Orlando y Dawn. También se encontraban bien.

—¡Viva! —gritó la multitud.

Por último, la sustancia viscosa empezó a temblar y a moverse una vez más y el señor Magrazas asomó la cabeza. Volvía a ser el de siempre.

—¡Ay, NOOO! —suspiró la multitud.

CAPÍTULO 37

DE VUELTA A LA NORMALIDAD

Jorge y Berto se despertaron cuando estaba amaneciendo y miraron por la ventana de su casa del árbol.

—Parece que la ciudad ha vuelto a la normalidad —dijo Jorge.

—¡Incluso desaparecieron las hediondas nubes color café! —dijo Berto.

Eso era bueno porque Jorge y Berto por fin
se habían curado de sus resfriados.

Los dos amigos bajaron de la casa del árbol
y se asomaron a la ventana de la casa de Berto.
Berto de Ayer estaba profundamente dormido.
El efecto del Lavaniños 2000™ desaparecería
muy pronto y Jorge y Berto de Ayer volverían a
la normalidad.

Jorge y Berto se dirigieron al jardín, donde se encontraron con caras conocidas.

—¿Qué pasó? —preguntó Berto—. ¿Ya está todo solucionado?

—Por supuesto —dijo Jorge el Viejo.

—Claro que sí —añadió Berto el Viejo—. ¿No saben que los adultos también pueden ser héroes?

Jorge el Viejo y Berto el Viejo les contaron a sus yos más jóvenes su gran aventura mientras todos caminaban hacia los Altos del Chaparral.

Pasaron junto al señor Carrasquilla, que estaba en su jardín recogiendo las hojas. Una mujer pasó corriendo chasqueando los dedos.

¡CHAS! ¡CHAS! ¡CHAS! ¡CHAS! ¡CHAS! ¡CHAS!

—¡Fuera de mi jardín! —vociferó el señor Carrasquilla.

—¿Qué pasó? —gimió Berto—. ¡El señor Carrasquilla escuchó el chasquido de los dedos pero NO se convirtió en ya saben quién!

—No tengo ni idea —dijo Jorge el Viejo.

Quizás la corriente electromagnética había borrado el encantamiento hipnótico del cerebro del señor Carrasquilla. O quizás ocurrió durante la *superjugoectomía*. Nadie lo sabía con seguridad. Lo cierto es que, por algún extraño motivo, el señor Carrasquilla también había vuelto a la normalidad.

Nuestros héroes llegaron a los Altos del Chaparral y se prepararon para volver al futuro.

—Muchas gracias por su ayuda anoche —dijo Jorge.

—Sí, no estuvo mal lo que hicieron… —dijo Berto— para ser unas personas mayores.

—¿¡¡¿*NO ESTUVO MAL?!!?* —gimió Berto el Viejo.

—¿¡¡¿*PERSONAS MAYORES?!!?* —gimió Jorge el Viejo.

CAPÍTULO 38
Y VOLVER, VOLVER

De repente se produjo un estallido de luz cegadora. En un instante pasaron veinte años y la colina desierta se llenó de casas y árboles. Allí también estaban las familias de Jorge el Viejo y Berto el Viejo, que esperaban ansiosamente su regreso.

Fue un reencuentro muy alegre.

—Bueno —dijo Berto—, será mejor que volvamos a casa.

—Pensándolo bien, no *tenemos* por qué volver —dijo Jorge.

—¿Qué quieres decir? —preguntó Berto.

—Tenemos una máquina del tiempo propia —dijo Jorge—. ¡Podemos ir a donde queramos! ¡Podemos explorar juntos el tiempo y vivir aventuras increíbles!

—¡Vaya! —dijo Berto—. ¡Eso suena divertido!

—¿Qué hacemos primero? —preguntó
Berto.

—Rescatemos a Galletas y a Chuli —dijo
Jorge.

Las tres crías de hamsterodáctilos movieron
las alas entusiasmadas.

—¿Y cómo haremos eso? —preguntó Berto.

—Ya se nos ocurrirá algo —dijo Jorge—.
¡Siempre se nos ocurre!

Jorge, Berto y sus felices mascotas dijeron
adiós a sus futuras familias y desaparecieron en
una bola de luz brillante.

CAPÍTULO 39

MIENTRAS, DE VUELTA EN EL PRESENTE...

Habían pasado varias horas y el efecto del Lavaniños 2000™ por fin había desaparecido.

Jorge y Berto de Ayer volvían a ser los de siempre, pero nada a su alrededor parecía normal.

—Me gustaría saber adónde fueron Jorge y Berto —dijo Jorge de Ayer.

—No tengo ni idea —dijo Berto de Ayer.

—¿Y adónde fueron Tony, Orlando y Dawn?
—preguntó Jorge de Ayer.

—Ni idea —dijo Berto de Ayer—. Han
desaparecido.

Jorge de Ayer y Berto de Ayer no sabían qué
había pasado ni cómo se había solucionado
todo. Pero parecía que todo iba a ir bien y se
sentían contentos.

—Bueno, ¿qué hacemos ahora? —preguntó Berto.

—Hagamos un cómic nuevo —dijo Jorge.

—¿Sobre el Capitán Calzoncillos? —preguntó Berto.

—No —dijo Jorge—. Algo diferente. ¿Qué tal un cómic sobre Hombre Perro?

—¡Claro! —dijo Berto alegremente.

Y, juntos, los dos niños escribieron, dibujaron y rieron durante toda la tarde.

¿HAS LEÍDO TUS CALZONCILLOS HOY?

PRÓXIMAMENTE
DE JORGE Y BERTO

¡La novela gráfica con la que comenzó todo!

LAS AVENTURAS DE
HOMBRE PERRO
EL POLICÍA MÁS GENIAL DEL MUNDO

CUENTOS CASAENRAMA

ACCIÓN Y RISAS

¡A TODO COLOR!

¡UN FLIPORAMA EN CADA CAPÍTULO!

LA CUARTA NOVELA ÉPICA DE
JORGE BETANZOS y BERTO HENARES

Cuando estábamos en kindergarten inventamos nuestro primer héroe: ¡Hombre Perro!

¡Yo también!

¡El año que viene, Hombre Perro será el protagonista de su primera novela gráfica!

¡¡¡Pártete de la risa!!!

¡¡¡Léesela a tu perro!!!

y después...

¡¡¡Consigue tu novela pronto!!!

arff

¡2016 ES EL AÑO DEL PERRO, HOMBRE!

ACERCA DEL AUTOR

Cuando Dav Pilkey era un niño, sufría de trastorno por déficit de atención con hiperactividad (TDAH), dislexia y problemas de comportamiento. Dav interrumpía tanto las clases que sus maestros lo obligaban a sentarse en el pasillo todos los días. Por suerte, a Dav le encantaba dibujar e inventar historias. El tiempo que pasaba en el pasillo lo ocupaba haciendo sus propios cómics.

En el segundo grado, Dav Pilkey creó un cómic de un superhéroe llamado Capitán Calzoncillos. Su maestro lo rompió y le dijo que no podía pasar el resto de la vida haciendo libros tontos.

Afortunadamente, Dav no ponía mucha atención a lo que le decían.